Chansons

ET

ROMANCES;

Par Antony Claudius.

PARIS,

BRISSOT-THIVARS, LIBRAIRE,

RUE DE L'ABBAYE-SAINT-GERMAIN, Nº 14.

LYON,

LAFORGUE, LIBRAIRE, RUE CLERMONT, Nº 5.

1829.

CHANSONS

ET

ROMANCES.

PARIS. — IMPRIMERIE DE CASIMIR,
Rue de la Vieille-Monnaie, n° 12.

CHANSONS

ET

ROMANCES,

Par Antony Claudius.

PARIS,

BRISSOT-THIVARS, LIBRAIRE,

RUE DE L'ABBAYE St-GERMAIN, N° 14.

LYON,

LAFORGUE, LIBRAIRE, RUE DE CLERMONT, N° 5.

1829.

A MADAME DESBORDES-VALMORE.

Madame,

Vous avez daigné encourager mes premiers essais; permettez que je vous les dédie, comme un témoignage de ma

reconnaissance , et comme un
hommage public de mon admi-
ration.

ANTONY CLAUDIUS.

Préface.

L'un des premiers poètes de notre époque, et certainement le premier chansonnier de tous les temps, en bornant ses titres à celui-là seul, Béranger a dit en commençant comme moi une préface : *Les chansonniers sont en poésie ce que les ménétriers sont en musique.* Ces mots, qui ne peuvent en aucune manière être appliqués à l'auteur de tant de chansons admirables qui ont couru la France et l'Europe, je crains bien qu'ils ne caractérisent avec trop de justesse le petit recueil que je hasarde aujourd'hui. Au surplus, ces mots, loiu de m'effrayer, font en ce moment mon assurance, et je les placerais volontiers en tête de ce volume pour annoncer que j'arrive du moins sans prétention, et sous le plus modeste des titres. On attend peu de qui se présente sous une humble livrée : si mon opuscule est goûté, ce que je n'ose espérer, le succès me sera d'autant plus flatteur ; s'il est trouvé mauvais, ce que je crains fort, je descendrai inaperçu dans le fleuve d'oubli, et je n'y serai pas seul. Mais dans ce cas, j'aurai bien mérité mon sort ; car, il faut bien que je l'avoue, en me faisant imprimer, je n'ai pas cédé, comme tant d'autres, aux sollicitations de mes amis ;

j'ai cédé à la démangeaison ordinaire d'un auteur. Mais pour donner un motif plus louable à ma détermination, j'ajouterai : j'ai voulu (ce qui est encore vrai) témoigner ma reconnaissance à plusieurs compositeurs distingués qui, en faisant la musique de quelques-unes de ces pièces, leur ont prêté le passe-port de leur talent.

Ce recueil est composé d'un nombre à peu près égal de chansons et de romances fondues ensemble dans un ordre alternatif; je l'ai fait ainsi, pour jeter un peu de variété dans la lecture. Comptant peu sur leur mérite réel, il faut bien que j'appelle à mon secours tout ce qui peut les faire valoir. Maintenant je serais trop heureux, si le lecteur trouvait dans ces légères compositions quelques étincelles

de l'esprit qui brille dans les joyeux cou-
plets de l'aimable chansonnier que la
France vient de perdre, et que les Muses
pleurent encore ; quelques-uns des traits
d'Émile Debraux, qu'une verve facile et
négligée a rendu populaire ; s'il recon-
naissait enfin dans mes *Romances* un peu
de cet abandon plein de charmes qui
caractérise les touchantes productions des
Camille, des Émile Barateau, des Syl-
vain Blot, et de tant d'autres jeunes auteurs de romances empreintes de sentiment, de grâce et de fraîcheur.

CHANSONS ET ROMANCES.

CHANSONS

ET

Romances.

<hr>

EN S'ÉLOIGNANT.

Romance.

Air à faire.

En s'éloignant de celle qui sut plaire,
On peut former de plus douces amours ;
Pour se venger d'une amante légère,
Sans le lui dire, on peut l'aimer toujours.
On a raison d'éviter l'infidèle
  Qui trahit son tendre serment ;
Mais c'est en vain qu'on veut être comme elle
  En s'éloignant.

Pauvre Lycas, ton amante est volage :
Chacun le dit, ton cœur en est certain.
Évite-la, ne va plus au village
Où tu venais la voir soir et matin.
Rougis tout bas d'une flamme sincère
   Que l'ingrate outragea souvent ;
Mais ne crois pas oublier ta bergère
     En t'éloignant.

En s'éloignant de sa première amie,
Lycas pensait l'oublier à l'instant ;
Mais à ses yeux elle seule est jolie ;
Le souvenir augmente son tourment.
Près du hameau son amour le ramène,
   Et quand personne ne l'entend,
Il dit : Je l'aime, et je doublai ma peine
     En m'éloignant.

LE PHILOSOPHE MODERNE.

Chansonnette.

Musique de M. Rousset, professeur de chant.

Au pied de ce coteau,
Dans une humble chaumière,
Philosophe nouveau,
Je chante ma misère.
Seul avec mon troupeau
Et ma lyre chérie,
Je ris sous le manteau
De ma philosophie.

Qu'au milieu de son or
Un avare calcule,
Combien rend le trésor
Qu'avec soin il cumule ;
Au fond de son tombeau
Qu'ensuite il le confie,

J'en ris sous le manteau
De ma philosophie.

Certaine de charmer,
Que la jeune coquette
Sache se faire aimer
En changeant de conquête ;
Qu'un tendre jouvenceau
L'appelle son amie ,
J'en ris sous le manteau
De ma philosophie.

UNE FLEUR.

Romance.

Musique de M. FLEURY.

Je ne demandais qu'une fleur
Pour seul gage de sa tendresse ;
Mais Lise a refusé sans cesse
De se rendre aux vœux de mon cœur.
En demandant si peu de chose,
J'étais loin d'attendre un refus !
Lise m'a dit : Hélas ! je n'ose.....
Je réponds : Tu ne m'aimes plus.

Je ne demandais qu'une fleur
Quand je méritais davantage.
Une fleur était son image
Et suffisait à mon bonheur.
La pudeur qu'un désir expose
A seule des droits aux refus ;

Mais quand Lise me dit : Je n'ose,
Je réponds : Tu ne m'aimes plus.

J'avais compris par une fleur,
Sans l'entendre, celle que j'aime ;
Mais son cœur, qui n'est plus le même,
Ne pourrait pas être trompeur.
A mon rival si peu de chose
N'eût pas mérité ce refus ;
Et si Lise me dit : Je n'ose,
Je réponds : Tu ne m'aimes plus.

L'AMOUR VOYAGEUR.

Chansonnette.

Musique de M. Rousset.

L'amour sur son aile légère
Franchit l'espace le plus grand ,
Et comme un zéphir, vers sa mère ,
Sans bruit se dirige souvent.
Les frimas , la nuit et l'orage ,
  Rien n'arrête ce dieu ,
Lorsque le but de son voyage
  Le dédommage un peu.

Voyez ce troubadour fidèle
Qui part gaîment , son luth en main ;
Pour voir le séjour de sa belle
Il a devancé le matin.
Si son amante au jeune page
Adresse un tendre adieu ,

L'espoir au retour du voyage
Le dédommage un peu.

Dans mon printemps, auprès de Laure,
Je croyais trouver le bonheur,
Et chaque jour avant l'aurore
J'allais lui peindre mon ardeur.
Mais bientôt à Laure volage
Je dus taire ce feu;
Car l'Amour veut que le voyage
Le dédommage un peu.

LA RESSEMBLANCE.

Romance.

Air à faire.

Oui, c'est bien de celle que j'aime
Les traits, le regard enchanteur.
Comme auprès d'elle, un trouble extrême
En secret agite mon cœur !
Sa main, sa taille si jolie,
Comme elle, elle a tout pour charmer.....
Elle ressemble à mon amie,
Hélas ! je tremble de l'aimer.

En la voyant je doute encore
Si par un fortuné destin,
Absent, de celle que j'adore
Je revois l'ensemble divin.
Je me dis : serait-ce elle-même
Qui vient encore me charmer ?

Mais ce n'est pas celle que j'aime.....
Pourtant je tremble de l'aimer.

Pourquoi, céleste ressemblance,
Éprouver un fidèle amant?
Veux-tu savoir si dans l'absence
Je peux devenir inconstant?
Cesse plutôt, je t'en supplie,
Par tes attraits de m'alarmer.....
Et vous qui m'offrez mon amie,
Fuyez, je crains de vous aimer.

UN DOUX REGARD.

Romance.

Musique de M. Panis, pensionnaire de l'Académie de
France à Rome.

De la nature entière
J'aime à voir les attraits,
Et d'un Dieu sur la terre
J'admire les bienfaits.
Le rossignol dans la prairie
Me charme par son tendre accent ;
Mais rien ne sait me plaire autant
Qu'un doux regard de mon amie.

J'aime un vaste parterre
Paré de mille fleurs ;
Je m'y crois à Cythère,
Enivré de douceurs !
De la rose à peine fleurie
Je trouve l'éclat séduisant ;

Mais rien ne sait me plaire autant
Qu'un doux regard de mon amie.

Dans l'amitié chérie
Je trouve le bonheur,
Et près d'elle j'oublie
Aisément la douleur.
A tous les plaisirs de la vie
Je suis loin d'être indifférent ;
Mais rien ne sait me plaire autant
Qu'un doux regard de mon amie.

LE PILOTE DE LA VIE.

Barcarolle,

Dédiée à Madame BLANC LALESSIE.

Air à faire.

Vous qui descendez le courant
Du fleuve appelé de la vie,
Un pilote habile et prudent
Vous offre sa barque jolie.
Mortels, accourez à ma voix,
Et vous serez contents, je crois,
De voyager en compagnie
Des amours et de la folie.

J'évite les écueils nombreux
Cachés sous une onde limpide,
Et, loin des torrents dangereux,
Je suis la raison qui me guide ;

Témoin des naufrages fréquents
Que font aujourd'hui tant de gens,
Je ne crains rien ; pour compagnie,
J'ai les amours et la folie.

Vous qui chérissez les grandeurs,
Ne venez pas dans ma nacelle ;
N'y venez pas, sots et flatteurs,
Votre présence est trop cruelle.
Mais vous dont j'aime la gaîté,
L'esprit, la grâce, la bonté,
Ne fuyez pas la compagnie
Des amours et de la folie.

LA VEILLE DU BAL.

𝔕𝔬𝔪𝔞𝔫𝔠𝔢.

Musique de M. Mocker.

Demain, disait la jeune Éléonore,
  Au bal demain je le verrai ;
Pour qu'à ses yeux je sois jolie encore,
  Simplement je me parerai.
Il y sera, celui que je préfère,
  A danser il m'invitera ;
Fais, tendre amour, que je sache lui plaire !
  Mon cœur me dit, il y sera !

Ainsi tout bas répétait la pauvrette
  (Car sa mère non loin dormait) ;
Pensant au bal, rêvant à sa toilette,
  Éléonore soupirait.
Sans qu'un instant se fermât sa paupière,
  Combien cette nuit lui dura !

Et quand du jour elle vit la lumière,
Son cœur lui dit, il y sera !

Bientôt sans bruit se leva la fillette,
Dans son miroir se regarda ;
Mais, ô douleur ! étonnée, inquiète,
Moins jolie elle se trouva.
En regrettant sa fraîcheur ordinaire,
Elle gémit, elle pleura,
Disant : Hélas ! si j'allais lui déplaire !
Ce soir pourtant il y sera !

LA CONFIANCE.

Romance.

Air à faire.

Naguère avec ma douce amie,
Chagrins, plaisirs, nous ne nous cachions rien.
Cette confiance chérie
De nos amours forma le doux lien.
Combien sa voix savait me plaire !
Qu'elle me parlait tendrement !
Alors elle était plus sincère,
Alors elle m'aimait vraiment.

Oui, j'ai perdu sa confiance,
Je l'ai perdue, et j'ignore pourquoi ;
Mais je vois trop par son silence
Qu'on m'a ravi sa tendresse et sa foi.
A ma douleur, à ma tristesse,
Son cœur demeure indifférent.

Jadis il me plaignait sans cesse ,
Alors elle m'aimait vraiment.

Jolis habitants du bocage ,
Témoins discrets de ses serments trompeurs ,
Ne chantez plus ; votre ramage ,
Vos chants d'amour font redoubler mes pleurs.
Volez plutôt auprès d'Elmire ,
Et par un amoureux accent ,
Faites au moins qu'elle soupire
Et répète : Il m'aimait vraiment.

LAISSEZ-MOI DORMIR.

Chanson.

Musique de M. Feuillet.

Laissez-moi dormir quand je rêve
Aux douceurs de la liberté.
Mes amis, souffrez qu'il s'achève,
Ce songe plein de volupté.
Cette liberté si chérie,
Lorsque je la vois refleurir,
D'ivresse mon âme est remplie ;
   Ah ! laissez-moi dormir.

Laissez-moi dormir, que ce songe
Ne s'envole pas à l'instant.
S'il ne doit être qu'un mensonge,
N'en troublez pas l'enchantement.
Des cieux la brillante déesse
Descend pour n'y plus revenir ;

En France elle habite sans cesse ;
   Ah ! laissez-moi dormir.

Laissez-moi dormir si la Grèce
S'offre triomphante à mes yeux ;
Si du monde encor la maîtresse,
Elle lève un front glorieux.
Si des sommets du vieux Parnasse,
Homère, pleurant de plaisir,
Applaudit en montrant sa place ;
   Ah ! laissez-moi dormir.

Laissez-moi dormir si ma verve
Semble en vieillissant rajeunir,
Si ma muse, écoutant Minerve,
M'offre un glorieux avenir.
Quand je crois presser mon amie
Sur ce cœur fait pour la chérir,
Si dans mon bonheur je m'oublie ;
   Ah ! laissez-moi dormir.

LA BARRIÈRE DES AMOURS.

Romance.

Air à faire.

Un rêve est souvent un mensonge
Qui charme ou blesse notre esprit.
Je riais aussi de mon songe,
Pourtant le destin l'accomplit.
Une nuit, j'étais à Cythère,
Captif au printemps de mes jours,
Ne pouvant franchir la barrière
Qui me séparait des amours.

Ma prison était un bocage
Parsemé des plus belles fleurs ;
Les oiseaux dans leur doux ramage
Semblaient partager mes douleurs.
Aux dieux j'adressais ma prière,
Mais à ma voix ils étaient sourds.

Je n'ai pu franchir la barrière
Qui me séparait des amours.

Dans cet asile, une déesse
En m'évitant hâtait ses pas ;
Je la suivais avec vitesse,
Mais hélas ! ne l'atteignis pas.
Soudain, volant loin de la terre
Où je languissais sans secours,
Je la vis franchir la barrière
Qui me séparait des amours.

JOLI RUBAN.

Romance.

Air à faire.

Joli ruban de mon Elmire,
Près de moi la nuit et le jour,
Je veux te nouer à ma lyre
Et te parler de mon amour.
Tu fus souvent porté par celle
Qui n'a pas besoin d'ornement,
Et je me crois encor près d'elle
Quand je te vois, joli ruban.

Que j'enviais ta destinée
Quand tu pressais les doux contours
De cette taille dessinée
Par les grâces et les amours !
Ta couleur, celle d'espérance,
Semblait me dire, sois constant !

Plus que ta maîtresse, je pense,
J'ai su l'être, joli ruban.

Joli ruban, de ma tendresse
Lorsqu'un jour tu devins le prix,
De mes baisers avec ivresse
Combien de fois je te couvris !
J'étais heureux, j'étais fidèle,
Je comptais sur un vain serment :
Elle m'oublie, et de ma belle
Je n'ai que toi, joli ruban.

LA BONNE NANETTE.

Chansonnette.

Air à faire.

Zoé, disait Nanette,
Sois sage, si tu peux ;
Sois sage, ô ma fillette !
Tes jours seront heureux.
Reste toujours près de ta bonne,
Tu te perdrais en la quittant ;
Car pour un plaisir qu'amour donne
Le bonheur s'envole à l'instant.

Zoé, reprit Nanette,
Lorsqu'on a quatorze ans
Et qu'on est gentillette,
Il faut fuir les amants.
La pauvrette, écoutant sa bonne,
Soupirait, tout bas répétant :

Ah ! pour un plaisir qu'amour donne,
Bonheur s'enfuit-il à l'instant ?

Le soir sous le feuillage
Nanette vit Lucas
Qui lui tint doux langage
Et ne lui déplut pas.
Zoé comprit bien que sa bonne
Ne pensait pas assurément
Que pour un plaisir qu'amour donne
Le bonheur s'envole à l'instant.

LE VÉTÉRAN,

OU

LA RETRAITE D'UN BRAVE.

Chant guerrier.

Air à faire.

Au coin du feu, racontant ses campagnes,
Un vieux soldat disait à ses enfants :
La liberté brille sur nos montagnes,
Ah ! puisse-t-elle encor briller long-temps !
 Mais, sur le déclin de ma vie,
 Je ne forme plus qu'un seul vœu,
 C'est de mourir au coin du feu
 En vous parlant de ma patrie.

Au coin du feu, jamais dans ma jeunesse
On ne me vit dédaigner le combat ;
Car de mon sang prodigue avec ivresse,
Mon sang coula sans cesse pour l'État.

Mais, sur le déclin de ma vie,
Je ne forme plus qu'un seul vœu,
C'est de mourir au coin du feu
En vous parlant de ma patrie.

Au coin du feu, lorsque vint ma réforme,
La France enfin goûtant l'heureuse paix,
Toujours vêtu de mon vieil uniforme,
Je suis venu vous dire nos succès.
    Ah ! sur le déclin de ma vie,
    Puis-je former un autre vœu
    Que de mourir au coin du feu
    En vous parlant de ma patrie !

Y VIENDRA-T-ELLE?

Romance.

Air à faire.

Y viendra-t-elle au rendez-vous
Où je l'attends sans espérance ?
Pourrai-je encore à ses genoux
Me dédommager de l'absence ?
Déjà l'aurore de ses feux
A rendu la terre plus belle ;
Tout parle d'amour en ces lieux,
    Y viendra-t-elle ?

Y viendra-t-elle, dites-moi,
Jolis oiseaux, sous ce bocage ?
Y viendra-t-elle de sa foi
Me donner un doux témoignage ?
Vous vous taisez : ah ! je le vois,
Peut-être en vain j'attends ma belle !

3.

Chantez , j'en croirai votre voix ,
Y viendra-t-elle ?

Y viendra-t-elle d'un baiser
Récompenser ma douce flamme ?
Elle ne peut me refuser
Un seul baiser que je réclame...
Là , pour éprouver ses amours ,
Caché , je veux qu'elle m'appelle.....
Je veux.... mais mon cœur dit toujours.....
Y viendra-t-elle ?

LE VIEUX CLOCHER DE MON VILLAGE.

Romance.

Musique de M. ROMAGNESI.

Loin de la terre où je suis né,
Par le destin abandonné,
J'ai perdu la seule espérance
Qui soutenait mon existence.
Mais au fond d'une sombre tour
Je supporterais l'esclavage,
Si j'espérais revoir un jour
Le vieux clocher de mon village.

De ma fenêtre j'aperçoi
Le matelot qui sans effroi
Sur son vaisseau, joyeux, s'avance
Et chante en regagnant la France.
Le vent semble aider son retour;
Pour lui plus de funeste orage,

Et moi je dis : Verrai-je un jour
Le vieux clocher de mon village ?

Quand Phébus, dorant l'horizon,
Blanchit les murs de ma prison,
Sa clarté paraît moins divine
A mon âme toujours chagrine.
Combien il me rendrait joyeux,
Si, loin de ce fatal rivage,
Il faisait briller à mes yeux
Le vieux clocher de mon village !

LE PAUVRE DIABLE.

Chansonnette.

Musique de M. Paris, pensionnaire de l'Académie de France à Rome.

On ne parle dans mon village
Que du gentil et beau Lycas,
Et la fillette la plus sage
A ses propos ne rougit pas.
Ah ! que son sort est désirable !
Il aime, est aimé tour à tour ;
Moi, qui ne suis qu'un pauvre diable,
Je ne parle jamais d'amour.

Chacun admire quand il danse
Et sa taille et ses jolis pas ;
Avec grâce il valse, il balance,
Et parle à sa belle tout bas.
Chacun lui dit qu'il est aimable,
Lycas le sait bien à son tour.

Moi, qui ne suis qu'un pauvre diable,
Je ne songe plus à l'amour.

Une seule fois dans ma vie,
Je crus que j'étais amoureux ;
A Lise, fillette jolie,
En vain je parlai de mes feux.
Lycas, à ses yeux préférable,
Fut bientôt payé de retour ;
Car je ne suis qu'un pauvre diable
Qui ne songe plus à l'amour.

TOUJOURS UNIS.

Nocturne.

Musique de M. FEUILLET.

Soyons unis, ma douce amie,
Pour être heureux, chérissons-nous toujours,
Soyons unis toute la vie,
Servons d'exemple aux plus tendres amours.
Jamais jaloux, que notre confiance
Resserre encor ces nœuds chéris ;
Aimons-nous bien ! Pour braver l'inconstance,
Crois-moi, soyons toujours unis.

Soyons unis, nous que l'enfance
Avait placés dans le même berceau ;
Soyons unis, car l'existence
Sans les amours est un cruel fardeau.
Jamais jaloux, que notre confiance
Resserre encor ces nœuds chéris ;

Aimons-nous bien ! Pour braver l'inconstance,
Crois-moi, soyons toujours unis.

Soyons unis malgré l'absence ;
De nos sermens gardons le souvenir ;
Soyons unis, dans l'espérance
De ce lien qui doit nous réunir.
Si des méchants la sombre jalousie
Cherche à troubler nos cœurs épris,
Aimons-nous bien ! En dépit de l'envie,
Crois-moi, soyons toujours unis.

NE RIEZ PAS, MADEMOISELLE.

Chansonnette.

Air à faire.

Le ciel est pur : Lise, approchez, ma chère ;
   Faites rouler mon vieux fauteuil ;
   Vers la porte.. là.... sous le seuil
Où tant de fois je conduisis ma mère.
   A vous sermonner en ce jour
   Puisque mon grand âge m'appelle,
   Ne riez pas, mademoiselle ;
   Vous vieillirez à votre tour.

Ainsi que vous, je fus jeune et jolie,
   Et n'ai plus que des souvenirs ;
   Saison d'amours et de plaisirs
Sans qu'on y songe est si vite finie !
   Comme vous j'étais sans détour,
   Je comptai sur un infidèle :

N'en riez pas, mademoiselle ;
Vous vieillirez à votre tour.

Lubin était le nom de ce volage
Dont il me souvient malgré moi ;
En le nommant, un doux émoi
Vient réchauffer mon sein glacé par l'âge.
Il partit pour lointain séjour,
Son absence fut éternelle :
N'en riez pas, mademoiselle ;
Vous vieillirez à votre tour.

Méfiez-vous d'un propos doux et tendre,
Car tous les galants sont trompeurs ;
Dès qu'ils ont obtenu nos cœurs,
D'être inconstants rien ne peut les défendre.
Plutôt que de gémir un jour,
Ah ! soyez sévère et cruelle.....
Mais vous riez, mademoiselle ;
Je vous attends à votre tour.

LE PAUVRE AVEUGLE.

𝕽𝖔𝖒𝖆𝖓𝖈𝖊.

Air à faire.

Un pauvre aveugle, accablé de vieillesse,
  Seul dans Paris, pour tout soutien,
Malgré ses ans et malgré sa faiblesse,
  N'avait qu'un bâton et son chien.
Quand des passants la charité muette,
Sourde à ses vœux, redoublait son ennui,
Son seul ami, Médor, baissant la tête,
Semblait leur dire : Ayez pitié de lui.

Un certain soir, auprès d'une masure,
  Le pauvre aveugle s'endormit.
L'hiver partout répandait la froidure,
  Et déjà s'approchait la nuit.
  Elle vient; mais quand il s'éveille,
Le malheureux appelle un vain appui :

Il était seul, n'ayant comme la veille
Qu'un ami vrai, son chien auprès de lui.

Couvert de neige, et respirant à peine,
　　Le pauvre aveugle gémissait.
En cet état, sa mort était certaine,
　　Mais sur lui le destin veillait.
Le vieux Médor soudain semble connaître
Quel danger court un être qu'il chérit;
Et de son corps il vient couvrir son maître
Qu'il réchauffa le reste de la nuit !....

L'AUBERGE DES EAUX.

Ronde d'un Opéra inédit.

MALGRÉ la noble ancienneté
De mes aïeux, dans ce village,
Cet hôtel, mon seul héritage,
Chaque jour est moins visité.
Voulez-vous en savoir la cause?
C'est que pour faire quelque chose,
S'ennuyant trop dans leurs châteaux,
A la source, quelques nigauds
Viennent dans des plaisirs nouveaux
Prendre d'l'esprit avec les eaux.....

Des eaux célébrant la vertu,
Afin de passer pour habile,
D'y faire élever une ville
Certain docteur a résolu.
Aux femmes, surtout aux coquettes,
Malades de trop de conquêtes,

4.

Comme un remède à tous les maux,
Conseillant ces plaisirs nouveaux,
Et les maris et les nigauds
Vantent l'heureux effet des eaux.....

LE RETOUR DES CHEVALIERS.

Chant guerrier.

Musique de M. PARIS, pensionnaire de l'Académie de
France à Rome.

DANS les déserts d'une terre ennemie,
Abandonnés par le dieu des combats,
Des chevaliers, regagnant leur patrie,
Bravaient encore un glorieux trépas.
   Au milieu du lointain voyage
L'un d'eux, Alfred, sentant venir sa fin,
   Leur disait : Reprenez courage ;
   Car pour vous je prirai demain.

Vous reverrez le beau ciel de la France
Et le castel de vos nobles aïeux ;
Vous reverrez belles dont la constance
Pleura souvent chevaliers malheureux.
   En retrouvant sa douce amie,
Chacun de vous bénira le destin ;

Et moi je vais quitter la vie,
Mais pour vous je prîrai demain.

Si vous voyez celle qui m'est si chère
Verser des pleurs sur mon prochain trépas,
Consolez-la, pour prix de ma prière ;
O mes amis ! ne l'abandonnez pas.
    Dites-lui que, toujours fidèle,
En expirant mon cœur la nomme en vain.
    Adieu, la France vous appelle ;
Pour elle je prîrai demain.

PRÉSENT D'AMOUR.

Romance.

Musique de M. Rousset.

Présent d'amour discrètement
Est conservé par un amant ;
Présent d'amour, toute la vie
Le rend fidèle à son amie.
Preuve certaine du retour
Qu'on donne à sa tendre souffrance,
Le prix de sa persévérance
Est un petit présent d'amour.

Présent d'amour au cœur jaloux
Rend le calme, ce bien si doux ;
Présent d'amour charme l'absence
Et préserve de l'inconstance.
L'amant contemple chaque jour
Le portrait chéri d'une amie,

Et la voit toujours plus jolie
Dans ce petit présent d'amour.

Présent d'amour, du déplaisir
Efface l'amer souvenir ;
Présent d'amour, donne espérance
D'une plus douce récompense.
Dans le vieil âge un troubadour,
Lisant tendre écrit de sa belle,
Soupire et dit : J'étais fidèle
A ce petit présent d'amour.

JE N'Y CROIS PLUS.

Romance.

Air à faire.

ELLE a cessé d'être sincère,
Celle qui me donna sa foi ;
Un autre a le droit de lui plaire,
Un autre aime-t-il plus que moi ?
Pour me paraître encor la même,
Tous ses efforts sont superflus ;
En vain sa voix me dit : Je t'aime,
  Je n'y crois plus.

Je ne crois plus à la tendresse
Qu'elle me jura tant de fois.
Ses regards n'ont plus cette ivresse
Qui me charmait tant autrefois.
De la plus douce confiance
Par elle les nœuds sont rompus ;

En vain elle plaint ma souffrance,
 Je n'y crois plus.

Oui, mon Elmire est infidèle,
Elle a formé d'autres amours ;
Puisse cette chaîne nouvelle
La rendre heureuse pour toujours !
Moi, fuyant bientôt sa présence,
J'irai dans des lieux inconnus
Redire : Aux serments de constance
 Je ne crois plus.

PLUS DE VOLIÈRE.

Romance.

Musique de M. Berton fils, professeur de chant à l'École royale de Musique.

Petits oiseaux, chantez toujours
Et vos peines et vos amours ;
Redites le charmant langage
Que vous disiez dans le bocage.
Ah ! chantez bien, jolis oiseaux,
Pour adoucir votre misère ;
Le printemps finira vos maux,
Pour vous bientôt plus de volière.

Petits oiseaux, matin et soir
Chantez votre plus doux espoir ;
Dites la liberté chérie,
Le seul bonheur de cette vie.
Soyez joyeux, gentils oiseaux,
Le sort vous deviendra prospère ;

Le printemps finira vos maux,
Pour vous bientôt plus de volière.

Charmans oiseaux, par vos concerts
Vous avez su briser vos fers.
Captif aussi, sans espérance,
Je comprends mieux votre souffrance.
Demain aux vallons, aux coteaux,
Voltigeant d'une aile légère,
Songez à moi, petits oiseaux,
En répétant : Plus de volière !

LE TRANSFUGE D'AMOUR.

𝕭𝖆𝖗𝖈𝖆𝖗𝖔𝖑𝖑𝖊.

Air à faire.

GENTILLE batelière,
Je voudrais traverser ;
Dans ta barque légère
Laisse-moi me placer.
Le ciel est sans nuage,
Tout est calme à l'entour ;
Conduis vite au rivage
Le transfuge d'amour.

Vers ce bois solitaire
Qu'obscurcit le lointain,
Des plaisirs de la terre
Vole un joyeux essaim ;
Là, jamais de volage,
On aime sans détour ;

Conduis vite au rivage,
Le transfuge d'amour.

Nous approchons, ma chère,
Je sens battre mon cœur ;
Gentille batelière,
Réponds à mon ardeur.
Tu rougis, doux présage !
Avant la fin du jour,
Conduis vite au rivage
Le transfuge d'amour.

LA MORT DU JEUNE GREC.

Chant guerrier.

Dédié à mon ami Isidore Blanc.

Musique de M. Rousset.

Un jeune Grec, l'honneur de sa patrie,
En combattant, frappé d'un coup mortel,
Près de finir sa glorieuse vie,
Pour son pays priait ainsi le ciel :
Dieu ! que j'adore, écoute ma prière,
Redisait-il en élevant sa voix ;
Fais que la Grèce étonne encor la terre ;
Rends mon pays libre comme autrefois.

Un vieux canon, débris de la victoire,
Était non loin : on l'y porta soudain.
Sur son affût, noble enfant de la gloire,
Le Grec bénit son funeste destin.
A ses amis, dont il voit la tristesse,
En s'adressant pour la dernière fois ;

Il redisait : Défendez bien la Grèce ,
Le monde entier reconnaîtra ses droits.

Il faisait nuit ; sur le rivage encore
D'autres héros cueillaient d'autres lauriers.
A leur retour la trompette sonore
Annonce enfin la victoire aux guerriers.
A ce signal, rouvrant avec ivresse
Ses yeux fermés, le Grec redit deux fois :
Je meurs content ; défendez bien la Grèce ,
Elle sera libre comme autrefois.

A ELLES, ou LES FEMMES.

Romance.

Air à faire.

Fière d'un sentiment nouveau,
Par un sourire plein de charme,
Qui, du jeune enfant au berceau,
Vient sécher la première larme ?
Qui sur lui veille nuit et jour ?
En grandissant qui guide encor son âme ?
C'est une mère, et la première femme
A qui nous devons de l'amour.

Dans notre cœur adolescent
Qui fait naître une ardeur secrète,
Et cause le chagrin cuisant
Dont un soupir est l'interprète ?
Qui fixe nos cœurs sans retour ?
De plus en plus nous fait chérir la vie ?

C'est une femme, une première amie,
   Qui nous apprend bonheur d'amour.

   Quand l'âge a mûri nos desseins,
   Qui partage notre existence?
   Qui rend nos derniers jours sereins,
   Quand vers la tombe l'on s'avance?
   Legouvé chanta sans détour
De tant de biens l'auteur sans cesse aimable :
En l'imitant j'avais, sexe adorable,
   Bien moins d'esprit, autant d'amour.

LE BON VIEUX TEMPS.

Chanson.

Air à faire.

Oui, nous valons mieux qu'autrefois ;
Nos pères étaient dans l'enfance.
Ainsi par jour, plus de cent fois,
S'écrie un fat plein d'importance.
Moi, qui compte mes soixante ans,
Et qui connais un peu le monde,
Je ris quand chacun ici gronde ;
Je suis l'homme du bon vieux temps.

Aux progrès du siècle présent
Je sais qu'on doit rendre justice ;
Pourtant j'y vois esprit, talent,
Suivre la mode et son caprice.
Comme autrefois j'y vois des gens
Dont le mérite est l'opulence.

Je radote, pourtant je pense
Être l'homme du bon vieux temps.

L'amour, ce plaisir qui des cieux
Est venu pour charmer la terre,
L'amour que respectaient nos preux,
Ne se montre jamais sincère.
De toutes parts belles, galants,
Tour à tour se trompent sans cesse ;
On aimait mieux dans ma jeunesse,
Je suis l'homme du bon vieux temps.

UN SEUL MOT.

Romance.

Musique de M. MOCKER.

Un seul mot, c'est bien peu de chose ;
C'est beaucoup pour un tendre amant.
Un seul mot est souvent la cause
De sa joie ou de son tourment.
Le cœur ému d'un trouble extrême,
Il le prononce en soupirant ;
Mais ne demande qu'en tremblant
Un seul mot de celle qu'il aime.

Un seul mot qu'en vain l'on désire
Fait éprouver chagrin cruel ;
Un seul mot cause ce délire
Qui domine plus d'un mortel.
Mais d'être chéri pour soi-même
Quand est venu le doux instant,

L'amant fait répéter souvent
Un seul mot à celle qu'il aime.

Un seul mot d'une amante chère
Nous console dans la douleur ;
Un seul mot, quand on désespère,
Semble promettre le bonheur.
Au sein de la grandeur suprême,
Sous l'humble toit de l'indigent,
On est heureux quand on entend
Un seul mot de celle qu'on aime.

LE SOLDAT DE WATERLOO.

Chant guerrier.

Air à faire.

A Waterloo, quand jadis la victoire
Un seul instant déserta nos drapeaux,
Un vétéran, témoin de notre gloire,
De son pays disait ainsi les maux :
   France, le ciel qui t'abandonne
Hier pourtant semblait te protéger ;
Braves amis, au milieu du danger,
   Souvenez-vous de la colonne.

J'ai vu le Rhin, le Danube et le Tage ;
Du Caire aussi j'admirai les remparts ;
Partout l'honneur guidait notre courage :
Les rois fuyaient devant nos étendards.
   Ces rois convoitent la couronne
Du potentat qui sut leur pardonner ;

Lui seul pouvait hier les détrôner.....
Ont-ils oublié la colonne ?

L'aigle planait sur la terre étonnée ;
Tous les échos redisaient nos succès.
Beaux jours de gloire ! illustre destinée !
Nos descendans y croiront-ils jamais !
Du sort lassé la foudre tonne ;
Nos ennemis sont l'univers entier ;
Mais les Français ont pour les défier
Le souvenir de la colonne.

Il expira. Bientôt cédant au nombre,
Que de héros suivirent son trépas !
Le ciel partout redevenait plus sombre,
Nos ennemis s'avançaient à grands pas.
Un seul jour, guidés par Bellone,
Lutèce, hélas ! les vit accourir tous ;
Mais l'aigle altier étouffa leur courroux :
Ils ont respecté la colonne !

ATTENDEZ-MOI.

Chansonnette.

Musique de M. Paris.

Attendez-moi, disait Lycas
A sa gentille pastourelle.
De revenir ne tardez pas,
Soudain lui répondit la belle.
Au village on me fait la cour,
Mon cœur en vain croit s'en défendre ;
Pour changer il ne faut qu'un jour,
Ah ! n'allez pas vous faire attendre.

Quoi ! ne m'attendriez-vous pas,
Si, retenu par la victoire,
Pour elle bravant le trépas,
Je revenais couvert de gloire ?
La gloire ? ajouta sans détour
La bergère d'un air plus tendre :

Pour changer il ne faut qu'un jour,
Ah ! n'allez pas vous faire attendre.

Nouveau guerrier, Lycas partit ;
Mars l'enrôla sous sa bannière ;
Deux ans entiers il combattit,
Puis revint trouver sa bergère.
Il était temps : un troubadour
A sa maîtresse osait prétendre.
Pour changer il ne faut qu'un jour,
Lycas ne se fit pas attendre.

Lisette épousa son Lycas ;
Mais quelques méchans du village
Prétendent qu'elle n'obtint pas
Ce bonheur qu'on rêve en ménage.
Il la délaissa nuit et jour ;
Le ménestrel devint plus tendre :
En ménage comme en amour,
Lycas, ne te fais pas attendre.....

Y SONGES-TU?

Romance.

Air à faire.

Y songes-tu, dans mon absence,
    A nos derniers adieux?
Plains-tu bien la longue souffrance
    D'un amant malheureux?
Y songes-tu? non, je ne puis le croire,
    Me dit tout bas mon cœur ému.
Lorsque ton nom console ma mémoire,
    Ma douce amie, y songes-tu?

Ah! songes-tu, lorsque l'aurore
    Vient embellir les cieux,
Que ton image que j'adore
    Brille seule à mes yeux?
Quand les oiseaux volant sous le feuillage
    Chantent le printemps revenu,

6.

Quand ton regard s'éloigne du rivage,
Ma douce amie, y songes-tu?

Y songes-tu, quand je t'appelle
Pour finir mon chagrin?
En l'ornant d'une fleur nouvelle,
Sens-tu battre ton sein?
Ce tendre soin, dont l'absence me prive,
Un jour me sera-t-il rendu?
Jamais, hélas! dit mon âme plaintive!
Ma douce amie, y songes-tu?

ATTENDRA-T-ELLE ?

Romance.

Air à faire.

TROUBADOUR disait dans l'absence :
En vain j'ai reçu ses sermens.
L'amour s'en va sans qu'on y pense ;
Tout peut changer avec le temps.
Pourquoi rêver qu'elle m'oublie ?
Non, sa bouche était sans détour !
Mais pourtant elle est si jolie !
Attendra-t-elle mon retour ?

Oui, son cœur me sera fidèle ;
Moi seul deviendrai son époux.
Matin et soir, toujours près d'elle,
Combien notre sort sera doux !
Que d'amans porteront envie
A notre hymen, à notre amour !

Mais hélas ! elle est si jolie !
Attendra-t-elle mon retour?

Le troubadour enfin arrive,
Cherche l'objet de ses amours ;
Mais on lui dit : Sur cette rive
La douleur a fini ses jours.
Pleurant alors sa douce amie,
Plus ne chanta le troubadour :
Hélas ! elle était si jolie !
Attendra-t-elle mon retour?....

MA SAGESSE.

Chanson.

Air à faire.

La sagesse sur cette terre
Est un trésor qui fait grand bruit.
Chacun est sage à sa manière ;
Bien ou mal chacun se conduit.
Mais rien n'égale la sagesse
Dont je fais preuve à chaque instant ;
Je bois, je chante et ris sans cesse :
Anacréon en fit autant.

Si le destin m'est favorable,
Si la fortune me sourit,
Chaque jour j'invite à ma table
Des gens de bien, des gens d'esprit.
Non, rien n'égale la sagesse
Dont je fais preuve à chaque instant :

Je bois, je chante et ris sans cesse :
Anacréon en fit autant.

Qu'un tendre couple se querelle
Et jure de ne plus aimer,
Je ramène aux pieds de sa belle
L'amant qui sait la désarmer.
Non, rien n'égale la sagesse
Dont je fais preuve à chaque instant ;
Je bois, je chante et ris sans cesse :
Anacréon en fit autant.

Jamais les maux de cette vie
Ne m'ont coûté quelques douleurs ;
J'abhorre la misanthropie,
Je hais les sots et les flatteurs.
Mortels, imitez la sagesse
Dont je fais preuve à chaque instant ;
Buvez, chantez, riez sans cesse :
Anacréon en fit autant.

SAUBADE ET LAORENS,

ou

LA GROTTE D'AMOUR.

Romance,

Tirée des œuvres de M. de Jouy.

Air à faire.

Dès le berceau Saubade et Laorens
S'étaient aimés d'innocente tendresse ;
L'âge bientôt de ces premiers penchans
Vint augmenter l'espérance et l'ivresse.
 Une grotte, simple séjour,
Fut seul témoin de cette ardeur naissante ;
Car il n'est pas de terre séduisante
 Que n'embellisse encor l'amour.

Pour éviter les méchans, les jaloux,
Chaque matin vit le couple fidèle

Se diriger au lieu du rendez-vous
Et s'y promettre une flamme éternelle.
   Chaque rocher fut à son tour
Couvert des noms qu'ils y gravaient sans cesse ;
Et ces rochers, jadis pleins de tristesse,
   Leur semblaient un palais d'amour.

Mais un matin que les jeunes amants
Étaient encor sous la voûte discrète,
Le ciel se couvre, et la mer par les vents
   S'élève et menace leur tête.
   Plus d'espoir dans ce fatal jour ;
Car, loin de fuir une perte certaine,
Tous deux juraient que l'aurore prochaine
   Les verrait au palais d'amour.

La foudre gronde, et Laorens enfin
Craint, mais trop tard, la mort inévitable.
L'onde s'avance, et d'un œil incertain
Il cherche encore un retour favorable.
   Vois, dit Saubade au troubadour,
Vois cette vague, elle nous est funeste ;
Mourons heureux, car ici tout atteste
   Que nous emportons notre amour !....

LE SOLDAT BLESSÉ.

Chant guerrier.

Air à faire.

JEUNE guerrier que sa noble valeur
Avait conduit sur la terre ennemie,
Las et blessé, mais fier d'être vainqueur,
Songeait encor à sa belle patrie.
Il soupirait, oubliant sa douleur,
Pour répéter ces accens de son cœur :
 O mon pays ! ô mon amie !
 Pour vous je donnerais ma vie !

A mon départ, le pressant dans mes bras,
J'ai vu couler les larmes de mon père ;
Je lui jurai d'affronter le trépas
Et d'illustrer le fils de la chaumière.
Le doux objet de ma constante ardeur
Reçut aussi les sermens de mon cœur.

O mon vieux père ! ô mon amie !
Pour vous je donnerais ma vie !

Si je reviens un jour dans mes foyers,
J'y veux porter le signe de vaillance ;
Et de retour, parmi de vieux guerriers
J'y vanterai les exploits de la France.
Mon sang est prêt à couler pour l'honneur
Tant que sa voix fera dire à mon cœur :
Amour, pays, devoir, patrie,
Pour vous je donnerais ma vie !

QUELLE HEURE EST-IL?

Chansonnette dialoguée.

Air à faire.

QUELLE heure est-il? disait Lisette,
A sa grand'mère qui veillait.
L'heure intéresse une fillette
A qui l'amour parle en secret.
— Eh ! que vous importe, ma chère ?
La vieille aussitôt répondit.
Travaillez donc ! — Bonne grand'mère ,
Je crois qu'il est bientôt minuit.

Vous vous trompez , mademoiselle ,
Il n'est pas si tard que cela.
A minuit, la lampe fidèle
Petit à petit s'éteindra.
Du hameau demain c'est la fête ,
Vos fuseaux sont couverts de fil ;

Travaillez donc ! Pauvre Lisette
Redit tout bas : quelle heure est-il?

La veille d'un bal on s'apprête ,
On s'occupe de ses attraits.
La grand'mère de la fillette
Avait deviné les secrets.
Mais bientôt le sommeil l'appelle ;
Sur sa chaise elle s'endormit,
Et devant son miroir, la belle
Oublia qu'il était minuit.

MONSIEUR LUBIN.

Romance.

Air à faire.

Eu quoi ! Lubin, auprès de ton amie,
   Rien ne saurait te retenir !
Demain tu pars, peut-être pour la vie ;
   Seule, que vais-je devenir ?
Sur cette absence en mon âme inquiète
   Je sens augmenter mon effroi.
Monsieur Lubin, rassurez donc Nicette,
   N'aimerez-vous jamais que moi ?

Tu pars ! bientôt des beautés séduisantes
   Mieux que moi sauront te charmer.
Mais ces beautés deviendront inconstantes ;
   Mieux que moi qui pourrait t'aimer ?
Sur cette absence en mon âme inquiète,
   Quand je sens renaître l'effroi,

Monsieur Lubin, rassurez donc Nicette,
  N'aimerez-vous jamais que moi ?

Lubin peut-être épris de grande dame
  Fuyant ses premières amours,
Ne voulant plus de Nicette pour femme,
  Loin d'elle finira ses jours.
A ce penser ma raison est muette ;
  Je tremble, et pourtant je te voi.
Monsieur Lubin, rassurez donc Nicette,
  N'aimerez-vous jamais que moi ?

Lubin partit; mais bientôt dans l'absence
  Les regrets déchirant son cœur,
Vite il revient au lieu de sa naissance,
  Croyant y trouver le bonheur.
Il se trompait : son amante volage,
  D'un autre avait reçu la foi.
Pourtant Lubin disait loin du village :
  Nicette n'aimera que moi.

L'INVALIDE ET LES ENFANTS.

Chanson.

Air à faire.

Jolis enfants qu'ici le plaisir guide,
Qui près de moi jouez sur le gazon,
Approchez-vous sans peur de l'invalide,
Il a pour vous mainte vieille chanson.
Vous commencez, j'achève ma carrière ;
Mais un vieillard aime à conter parfois.
De l'invalide exaucez la prière,
Jolis enfants folâtrez à ma voix.

Je viens de loin, et j'ai beaucoup à dire ;
Quand on m'écoute, on m'écoute long-temps ;
De nos exploits je voudrais vous instruire,
Et bénirais si noble passe-temps.
Je fus blessé défendant ma bannière,
Mon uniforme est orné d'une croix.

De l'invalide exaucez la prière ,
Jolis enfants , folàtrez à ma voix.

J'ai vu peser sur la France avilie
Le joug de fer des tyrans féodaux ;
Dîme , corvée , impôt , luxe et folie ,
Le peuple alors portait tous les fardeaux.
Comme un torrent qui n'a plus de barrière ,
Plus tard ce peuple a proclamé ses droits.
De l'invalide exaucez la prière ,
Jolis enfants , folâtrez à ma voix.

Mais quand des grands l'insolence abaissée ,
Du fier Germain s'étaya contre nous ;
De nos succès quand l'Europe lassée ,
Au Français libre annonçait son courroux ;
Des renégats qui souillaient la frontière ,
J'ai combattu les cohortes sans lois.
De l'invalide exaucez la prière ,
Jolis enfants , folâtrez à ma voix.

Lorsqu'un héros aussi grand que le monde ,
Par son génie étonna l'univers ,
De l'Italie , en lauriers si féconde ,
Je le suivis jusqu'au fond des déserts.

Du Nil au Rhin , dans sa course guerrière ,
Il renversa les trônes et les rois !....
De l'invalide exaucez la prière ,
Jolis enfants , folâtrez à ma voix.

Mais sur l'autel d'une idole chérie ,
Quand vint s'asseoir le héros demi-dieu ;
La liberté quitta votre patrie ,
La gloire encor retardait son adieu !....
Mars couronné brava l'Europe entière ,
Par des lauriers il enchaînait vos droits !....
De l'invalide exaucez la prière ,
Jolis enfants , folâtrez à ma voix.

Des léopards la fureur se réveille ,
Nous suscitant des ennemis nouveaux ;
Mais chaque jour, plus brillant que la veille ,
D'autres lauriers parèrent nos drapeaux !
De ses enfants que la France était fière ;
L'aigle pour eux fut l'oiseau des Gaulois !
De l'invalide exaucez la prière ,
Jolis enfants , folâtrez à ma voix.

Ils sont gravés au temple de mémoire
Tous ces hauts faits, ces combats glorieux ,

Peuples, tremblez ! tôt ou tard notre histoire
Peut dire aux fils : « Imitez vos aïeux ! »
Par eux la France aurait conquis la terre,
Peuples captifs, quels étaient vos exploits !...
De l'invalide exaucez la prière,
Jolis enfants, folâtrez à ma voix.

A Waterloo, d'un noble sang humides,
J'ai vu les champs de nos morts se couvrir ;
Alors parmi ces héros intrépides,
Blessé deux fois, que n'ai-je pu mourir !
Vous seuls rendez ma douleur moins amère,
En m'écoutant vous pleurez, je le vois.
Jolis enfants, cédez à ma prière,
Demain, venez entendre encor ma voix.

QU'AI-JE DONC FAIT DE MES LUNETTES?

Chansonnette dialoguée.

Air à faire.

Sur ce papier, expliquez-vous Lisette;
    Entre vos mains qui l'a remis?
Approchez-vous, parlez : mais votre tête
    S'agite d'un air insoumis !
    Petite sotte que vous êtes,
Votre silence augmente mes soupçons ;
Vous me trompez, je saurai bien, lisons !
Mais qu'ai-je fait de mes lunettes?

Dans ce papier il n'est point de mystère,
    Répondit Lisette aussitôt;
Vous l'exigez, je peux vous satisfaire,
    Donnez ! moi je lirai plutôt;

— Non pas, l'offre que vous me faites
Vient au contraire augmenter mes soupçons ;
Vous me trompez, je saurai bien, lisons !
Mais qu'ai-je fait de mes lunettes ?

Sur son fauteuil, frappant avec colère,
Ainsi disait vieille maman ;
Elle s'agite, et de sa robe à terre,
Vieux comme elle, tombe un roman.
Du livre les feuilles discrètes
Avaient caché le fatal instrument ;
Mais il se brise, et Lise dit gaîment
Qu'avez-vous fait de vos lunettes ?

COUPLETS

POUR LE MARIAGE , D'UN OFFICIER.

Air à faire.

HIER on m'a dit qu'à Cythère
Mars était venu tout armé.
En voyant le dieu de la guerre ,
Le dieu d'amour fut alarmé.
Pour un empire plein de charmes ,
Le pauvre enfant trembla si bien ,
Que Vénus lui dit : Ne crains rien :
Mars aussi m'a rendu les armes.

Un casque d'or couvrait la tête
Du guerrier que craignait l'Amour.
D'un air noble il entre et s'arrête ,
Admirant Vénus et sa cour.
Mais il se trouble , osant à peine
Contempler ses divins appas.

8

Lors à sa mère, Amour tout bas
Dit : Forgeons vite une autre chaîne.

De Cythère, ô surprise extrême !
L'Hymen a suivi les sentiers.
Il accourt à Vénus, lui-même
Présentant le dieu des guerriers.
Vénus sourit. Bientôt près d'elle
Mars se plaça, l'Hymen aussi.
L'amour dit : Restons tous ici,
Et puis il détacha son aile.

LA VOIX DU COEUR.

Romance.

Musique de M. Thillon.

On peut, brûlant d'amour sincère,
Commettre une infidélité,
Et chercher un instant à plaire,
Un seul instant à la beauté.
Mais quand on aima dès l'enfance,
Quand l'âge a nourri nos amours,
En vain on brave l'inconstance :
La voix du cœur parle toujours.

Nos premiers serments de tendresse
Sont les plus vrais de nos serments,
Et de sa première maîtresse,
On se souvient dans ses vieux ans.
Mais quand celle-ci nous oublie,
Qu'elle forme d'autres amours,

En vain on cherche une autre amie :
La voix du cœur parle toujours.

O vous qui chérissez encore
Celle qui dédaigne vos feux ;
Le mal secret qui vous dévore ,
Malgré vous se lit dans vos yeux.
Cessez donc de feindre auprès d'elle
De ne plus songer aux amours ;
Évitez plutôt l'infidèle :
La voix du cœur parle toujours.

EST-CE BIEN VRAI ?

Romance.

Musique de M. ARNAUD fils.

EST-CE bien vrai qu'il est volage ?
Disait à l'écho du vallon
Jeune fillette du village ,
De Lucas répétant le nom.
Il m'abandonne , l'infidèle ;
Ce soir en vain je l'attendrai !
Puis soupirant , la pastourelle
Redit encor : Est-ce bien vrai ?

De notre hameau c'est la fête ;
J'y veux aller voir le trompeur.
Ce disant partit la pauvrette ;
L'espérance guidait son cœur.
Bientôt Lucas s'offre à sa vue ,
Et fuit disant : Je changerai.....

Annette alors tremblante, émue,
Revient disant : Est-ce bien vrai ?

Est-ce bien vrai ? répète encore
La bachelette chaque soir.
Du hameau la cloche sonore,
La rappelant vers le manoir.
Aujourd'hui je reviens seulette ;
Mais si j'en crois l'espoir que j'ai,
Demain, peut-être... Pauvre Annette !
Ton cœur le dit : Est-ce bien vrai ?

LE SANSONNET D'AGATHE.

Romance.

Air à faire.

ALCINDE aimait une jeune beauté
Qui répondait tendrement à sa flamme,
Et l'avenir flattait déjà son âme
Dans les serments de la fidélité.
Un sansonnet dont à sa douce amie
 Il avait fait un jour présent,
Le consolait des maux de cette vie,
  En le nommant.

Lassé du joug, de s'envoler un jour
L'oiseau savant ayant pris fantaisie,
Combien de pleurs versa sa douce amie,
Qui regrettait son messager d'amour !
Un chevalier, guidé par l'espérance,
 Le rapporta bien galamment ;

Mais il changea bientôt de contenance,
    En l'entendant.

Ne voyant plus venir le bel oiseau,
De son amante apportant le message,
Alcinde crut qu'Agathe était volage,
Et de son nom retentit le coteau.
Lorsqu'en ces lieux accusant sa maîtresse,
    Il languissait dans le tourment,
Le sansonnet vint bannir sa tristesse,
    En le nommant.

L'amour veillait sur ces deux jeunes cœurs ;
L'hymen bientôt acheva son ouvrage.
De son ardeur Alcinde obtint le gage,
Agathe vit un terme à ses douleurs.
Des mêmes feux ils brûlèrent sans cesse,
    Et chaque jour en s'éveillant,
Le sansonnet rappelait leur tendresse
    En les nommant.

L'EXILÉ DES AMOURS.

𝕮𝖍𝖆𝖓𝖘𝖔𝖓𝖓𝖊𝖙𝖙𝖊.

Air à faire.

PAUVRES disciples d'Épicure,
Amants qui chérissez vos fers,
Évitez la retraite obscure
Que j'ai choisie en ces déserts.
Je me ris de votre folie,
Mortels, que je fuis pour toujours ;
Mais laissez en paix, je vous prie,
   L'exilé des amours.

La raison avec l'infortune
Ont éclairé mon faible cœur.
Amour, je n'ai pas de rancune,
Mais toi seul causas ma douleur.
Je me ris de votre folie,
Mortels, que je fuis pour toujours ;

Mais laissez en paix, je vous prie,
  L'exilé des amours.

A sa belle on dit qu'on est sage,
Celle-ci nous en dit autant ;
Comme elle on est pourtant volage :
Voilà comme on s'aime à présent.
Je me ris de votre folie,
Mortels, que je fuis pour toujours ;
Mais laissez en paix, je vous prie,
  L'exilé des amours.

Pour mieux charmer on se déguise,
On cache avec soin ses défauts.
L'amour fait plus d'une méprise,
L'art de plaire est l'art d'être faux.
Je me ris de votre folie,
Mortels que je fuis pour toujours ;
Mais laissez en paix, je vous prie,
  L'exilé des amours.

LE JEUNE AVEUGLE.

Romance.

Air à faire.

Des cieux brillants la divine lumière
A cessé de charmer mes yeux ;
La nuit pour moi dure la vie entière,
Au monde j'ai fait mes adieux.
Jamais les regards de l'aurore
Ne viendront réjouir le mien :
Auprès de moi je ne vois rien,
Ah ! plaignez-moi, car j'aime encore.

Vallons chéris, berceau de mon enfance,
Dans mon esprit vivez toujours ;
D'un doux printemps je rêve l'existence,
Au souvenir de vos beaux jours.
Cachés sous les berceaux de Flore,
Vous qui jadis chantiez si bien,

Petits oiseaux , je ne vois rien.
Chantez toujours, car j'aime encore.

Le plus cruel des tourments de mon âme ,
C'est le souvenir des attraits ;
Ce souvenir de l'objet de ma flamme ,
Seul égale tous mes regrets.
Pourtant si celle que j'adore
Un seul jour était mon soutien ,
Je lui dirais : Je ne vois rien ;
Mais près de toi, je vois encore.....

L'ORGUEILLEUSE.

Couplets.

Air à faire.

Zélie, on vous flatte souvent ;
On dit que vous êtes charmante ;
Le sage lui-même vous chante ;
Mais vous n'avez pas un amant.
Cet orgueil qui vous rend cruelle,
Effarouche trop les amours.
Voulez-vous donc plaire toujours ?
Oubliez que vous êtes belle.

J'aime en tout la simplicité,
Et préfère mon Émilie.
On offense sa modestie,
Quand on parle de sa beauté.
Loin de vous, Zélie, auprès d'elle
L'Amour s'enfuit, disant tout bas :

Belle, qui ne rougissez pas,
Oubliez que vous êtes belle.

De votre regard la fierté
Repousse le plus tendre hommage.
Vous vous fâchez d'un badinage,
Et n'aimez pas la vérité.
Croyez-moi, soyez moins rebelle ;
N'ayez plus cet air de hauteur,
Et pour mieux offrir le bonheur,
Oubliez que vous êtes belle.

LE SECRET DU VILLAGE.

Romance.

Air à faire.

Un soir qu'on y voyait à peine,
Revenant tout seul du hameau,
Je passais près de la fontaine
Dont chaque fille vante l'eau.
Soudain j'entends, sous le feuillage,
Une voix qui disait tout bas :
Sois tranquille, Rose ; au village,
Secret d'amour ne se sait pas.

Je me cachai pour mieux entendre
Ce secret que je compris bien ;
Car le doux bruit d'un baiser tendre
A deviner ne laissa rien.
Mais la bergère, à ce langage,
A son tour ajouta tout bas :

Es-tu bien certain qu'au village,
Secret d'amour ne se sait pas?

Si l'on découvrait ce mystère,
Poursuivait-elle tout en pleurs,
Adieu l'espoir d'être rosière ;
Tous nos projets seraient trompeurs.
Pourtant je me crois la plus sage ;
N'est-ce pas vrai, dis-moi, Lycas?
Lycas répondit : Au village,
Secret d'amour ne se sait pas.

Le lendemain c'était la fête ;
J'y vais : Dieu ! quel étonnement !
On couronne la bachelette,
En présence de son amant.
Époux, ils firent bon ménage.
Un jour, moi, je leur dis tout bas
On est bien heureux au village :
Secret d'amour ne se sait pas.

DEMAIN, PEUT-ÊTRE, IL NE SERA PLUS TEMPS.

Chanson

Inspirée par le projet de loi de *justice et d'amour.*

Air à faire.

FILLE du ciel, aimable liberté,

A nos chansons viens présider encore ;

Nous célébrons la gloire, la beauté,

Et tous ces biens que la jeunesse adore.

Moi, dans mes vers, des fourbes, des tyrans,

Je veux flétrir la mémoire funeste.

Muses, chantez, la liberté vous reste :

Demain, peut-être, il ne sera plus temps !

Je veux chanter un peuple de héros,

Grand de l'oubli des peuples de la terre * ;

---

* Nous nous félicitons que ce vers ne soit plus vrai aujour-
hui, et que la France ait pris sous sa tutelle un peuple si
ong-temps délaissé.

Je veux chanter l'esclavage, les maux,
Le sang qui coule au rivage d'Homère.
Mais tout se tait ! aux rois indifférents
Ma voix aussi va paraître rebelle.
Muses, chantez : Périsse l'infidèle !
Demain, peut-être, il ne sera plus temps !

Demain, peut-être, en nous voyant gémir,
La France en deuil gardera le silence ;
L'orage gronde, il faut nous étourdir :
Mon luth tout bas résonne d'espérance.
Ah ! profitons de nos derniers instants.
Au vil censeur que son pays déteste,
Muses, chantez : L'espérance nous reste :
Demain, peut-être, il ne sera plus temps !

Quand tous les arts enfantés par la paix
Semblaient choisir la France pour patrie,
Nous consolant par de plus doux succès,
La liberté se montra leur amie.
Filles du Pinde, un glorieux encens
A parmi nous fixé votre présence :
Béranger chante, on chante encore en France :
Demain, peut-être, il ne sera plus temps !

L'OPTIMISTE.

Chanson.

Air à faire.

Quand à se plaindre sans raison
De toutes parts chacun s'entête,
Loin de gémir à l'unisson,
Content, sans cesse je répète :
De maux et de biens, parmi nous,
Du sort la balance est remplie ;
Mais malgré les méchants, les fous,
Je vois tout en bien dans la vie.

Je suis optimiste, il est vrai ;
C'est mon défaut, je le confesse.
Ce défaut, tant que je vivrai,
Me donnera douce allégresse.
Du temps supportons le courroux,
Lui résister serait folie :

Un seul instant est-il plus doux?
Voyons tout en bien dans la vie.

Ici-bas, tout est pour le mieux,
S'il faut en croire un vieil adage.
Un jour à plaindre, l'autre heureux,
Le calme suit de près l'orage.
Pauvre aujourd'hui, riche demain,
Le mal passé vite s'oublie;
Mais riche ou pauvre, amour, bon vin,
Font voir tout en bien dans la vie.

Celui-ci cherche les honneurs,
Il veut briller par l'opulence;
Un autre préfère aux grandeurs
La paix d'une simple existence.
Grand ou petit, selon ses goûts,
Chaque mortel a sa manie :
Ah! pour qu'on soit content de nous,
Voyons tout en bien dans la vie.

LE CARNAVAL D'ÉLISE.

Chanson.

Air à faire.

Voyez ces brillants équipages ,
Aller, venir de tout côté.
Voyez grands , petits , fous et sages ,
Suivre le char de la gaîté.
Partout on se heurte , on se presse ,
On chante, on rit : quel bacchanal !
Mais qu'est-ce donc ? dit la sagesse.
C'est moi, répond le carnaval.

Des voitures la longue file
Au pas s'avance lentement.
Du haut d'un char, Paillasse et Gille
Insultent le pauvre passant.
Un magicien , dont la baguette
Change le sort tant bien que mal !...

Un financier, une soubrette.....
Ah ! qu'il est beau le carnaval !

Mais une calèche élégante
Au boulevard s'offre à mes yeux ;
Sous le masque une belle chante ;
Je suis la foule des curieux.
Pour les pauvres donnez , dit-elle ;
Donnez , l'hiver leur est fatal ;
Puis tout bas ajoute la belle :
Messieurs , au nom du carnaval.

A la voix de cette inconnue,
La pitié ne peut résister.
Chacun donne , et sa voix émue ,
Tremblante , cessa de chanter.
Un char vole ; mais , ô surprise !
Bientôt je la retrouve au bal,
Et , reconnaissant mon Élise ,
Je rends grâces au carnaval.

SI J'ÉTAIS VIEUX.

Romance.

Air à faire.

Si j'étais vieux, avec d'anciens amis,
  Aux champs j'irais finir ma vie.
Là, des plaisirs, au vieil âge permis,
  Nous charment quand on nous oublie.
Près du foyer rassemblés chaque soir,
  Tout en causant de son bel âge,
A soixante ans, quand on peut se revoir,
  Ne s'aime-t-on pas davantage ?

J'aime à rêver quelquefois l'avenir.
  J'aime à devancer ma carrière.
Je vois mon front de neige se couvrir,
  Mon corps se pencher vers la terre.
Mais au foyer rassemblés chaque soir,
  En nous rappelant le jeune âge,

O mes amis, si je crois vous revoir,
  Je ne vieillis pas davantage.

Ainsi chantait, aux beaux jours de la paix,
  Un jeune fils de la patrie.
Bientôt Bellone appelant les Français,
  Il court, il expose sa vie.
A ses foyers quand il revient s'asseoir,
  Il cherche en vain ceux de son âge,
Et ne dit plus, ne pouvant les revoir :
  On ne vieillit pas davantage.

PLUS QU'UNE FOIS.

Chanson.

Air à faire.

Plus qu'une fois, redit sans cesse
Un jeune amant à sa maîtresse.
Répète-moi ce mot charmant,
Ce mot que mon cœur chérit tant.
Heureux près de celle qu'il aime,
Pour entendre sa douce voix,
Pour un regard, un baiser même,
Il dit toujours : Plus qu'une fois !

Plus qu'une fois, ô ma bouteille !
Donne-moi ta liqueur vermeille,
Dit joyeux buveur, incertain
De pouvoir gagner son chemin.
Mais pourtant la soif me dévore ;
Bacchus sur moi reprend ses droits.

Amis, versez, versez encore :
J'en veux goûter... plus qu'une fois.

Plus qu'une fois ! disaient naguère
Nos vieux soldats à leur bannière.
Je veux encor, dans les combats,
Pour la gloire illustrer mon bras.
En vain le calme du village
S'offrait pour prix de leurs exploits,
La voix de l'honneur, du courage,
Disait comme eux... Plus qu'une fois !

Plus qu'une fois ! soyons volage,
Dit, loin de l'époux qu'elle outrage,
Adèle, jurant chaque jour
De ne plus trahir son amour.
L'ingrate ! plus ne se rappelle
Qu'elle était fière de son choix.
Tous les jours elle est infidèle,
En répétant... Plus qu'une fois !

Plus qu'une fois, France chérie,
Te voir prolongerait ma vie,
Disait, sur un rocher lointain,
Noble victime du destin.

Séjour de gloire et de puissance ,
Toi qui fis trembler tous les rois ,
Avant de mourir, belle France ,
Te verrai-je... plus qu'une fois ?

COUPLET

CHANTÉ A M. ROMAGNESI.

Sur l'air de l'*Angelus*.

O toi, dont le luth enchanteur
Fait naître une céleste ivresse,
Toi qui parles toujours au cœur,
Chante, soudain le chagrin cesse.
Au printemps nous sommes émus ;
Des oiseaux la voix est si tendre !
Mais leur concert ne charme plus,
Quand tu daignes te faire entendre.

OUI, C'EST BIEN LÀ.

Romance.

Air à faire.

La voilà, cette humble chaumière,
Qu'habita l'objet de mes vœux.
Oui, tout me rappelle en ces lieux
Celle qui seule a su me plaire.
Sous cet ombrage solitaire,
Son regard si doux me charma :
Je m'en souviens, oui, c'est bien là !

Le voilà, ce charmant bocage,
Où de notre amour, sans témoins,
Nous pouvions nous parler, du moins,
Sans qu'on en sût rien au village.
Du rossignol le doux langage
A nos accents seul se mêla ;
Elle m'aimait... oui, c'est bien là !

Le voilà , ce ruisseau limpide ,
Pure image de notre amour.
Il arrose encor ce séjour ,
Où la douleur seule me guide.
Ici mon amante timide
Pour me chérir plus ne viendra ;
Pourtant mon cœur dit : C'est bien là !

TOI QUI CHANTES SI BIEN.

Romance

Dédiée à Madame DESBORDES-VALMORE.

Air à faire.

DES roses du printemps la terre est embellie ;
L'onde libre murmure au fond de la prairie ;
Les concerts des oiseaux, l'haleine du Zéphir,
Tout respire l'amour, tout invite au plaisir !
Caché sous le bocage, au lever de l'aurore,
   Pour éveiller l'objet de ses amours,
Lubin disait tout bas : Reviens chanter encore ;
Toi qui chantes si bien, chante, chante toujours.

Aux accents du berger s'éveille la bergère ;
Elle accourt, et soudain sa voix douce et légère
Fait cesser des oiseaux les refrains amoureux,
Et redire à l'écho des sons harmonieux !

Sur son front déposant la couronne de Flore,
  Lubin muet écoute ses discours;
Ses yeux seuls semblent dire à celle qu'il adore :
Toi qui chantes si bien, chante, chante toujours!

L'ARGENT EST TOUT.

Chanson.

Air à faire.

L'ARGENT est tout dans cette vie,
Et je vais le prouver soudain.
L'argent triomphe de l'envie,
L'argent fait taire le dédain.
Amour, gloire, philosophie,
A son pouvoir cèdent partout.
Pour la sagesse ou la folie,
    L'argent est tout.

Sans argent, que peut sur la terr
La vertu, qu'on nous vante tant ?
Aujourd'hui, la gloire est si chère !
Le vrai mérite en vain l'attend.
Ce petit fat que l'on renomme,
Dont j'entends prôner le bon goût,

Et ce gros banquier gentilhomme...
  L'argent fait tout.

L'argent est tout : je me marie,
Dit Célimont, las du plaisir.
Peu m'importe laide ou jolie,
Je prends femme pour m'enrichir.
Aussi la moins belle en ce monde
De plaire à son tour vient à bout,
Quand chacun répète à la ronde :
  L'argent est tout.

L'argent est tout, disaient naguère
Maints conquérants venus du Nord,
Quand, esclaves d'un vil salaire,
Des traîtres guidaient leur essor.....
Bravant la foudre meurtrière,
Tant que l'aigle resta debout,
Nos guerriers disaient au contraire :
  La gloire est tout !

L'argent est tout : vite à l'ouvrage,
Répètent nos auteurs nombreux.
A chaque ligne, à chaque page,
La fortune brille à leurs yeux.

Des vétérans de notre scène
Les lois leur causent du dégoût ;
Plutus pour eux est Melpomène :
L'argent est tout.....

TABLE

DES CHANSONS ET ROMANCES

CONTENUES DANS CE VOLUME.

FIN DE LA TABLE.

www.ingramcontent.com/pod-product-compliance
Ingram Content Group UK Ltd.
Pitfield, Milton Keynes, MK11 3LW, UK
UKHW021110220726
13924UKWH00004B/1629